# DIE BLUME DES BÖSEN

Leander Winkels

DES IGN PAVONI ®

DESIGN PAVONI® Verlag
Dinxperloerstraße 213a
D – 46399 Bocholt
www.pavoni1.de


1. Auflage
Überarbeitung: www.leon-media.com
Druck: Buchwerft / Kiel
Lektorat: Eva Löken/ Stefan Dücking
Printed in Germany

## Prolog

Ein Mann, schwarz wie die Nacht, in einen Umhang gehüllt, schlich die Straße entlang. In seiner Hand einen Stab, der mit einer Klinge bestückt war. Niemand konnte ihn hören, denn er glitt geradezu über den Asphalt. Er hob seinen Kopf leicht, als ob er sein Ziel schon erreicht hätte. Mit seinen Händen ergriff er die lange Sense fester und schwebte leise auf eine dicke Holztür zu. Er stand vor dem Haus Nr. 16 und neben der Eingangstür stand der Name *Lennert*. Gleichmütig, ja fast lässig näherte er sich der Tür und verschmolz mit ihr. Im Hausflur tauchte er wieder auf. Im Wohnzimmer brannte noch Licht, und gemächlich ging er weiter, bis er mitten im Raum angekommen war.

Bei der Totenwache waren alle Gäste schwarz gekleidet und manche hatten ihr Gesicht in ihre Hände vergraben. Andere tupften sich mit ihren Taschentüchern die Tränen und unterhielten sich leise mit ihren Nachbarn. Wieder andere starrten entgeistert auf den offenen Sarg.

Keiner der Anwesenden schien jedoch zu bemerken, dass noch jemand eingetreten war.

Das Einzige, was sie wahrnahmen, war ein kalter Luftzug, der aber sogleich wieder verflog. Langsam beugte sich der neue Gast über den Sarg und blickte Herrn Lennert, der festlich angezogen war und seine Hände über dem Bauch gefaltet hatte, aufmerksam an. Wenn man es nicht besser gewusst hätte, würde man sagen, er schliefe friedlich. Er fragte ihn mit einer Stimme, die fast nur ein Hauchen war: „Wo sind die Ausgrabungen?“
Herrn Lennert nahm ihn wahr und langsam schüttelte er den Kopf. Wut durchströmte den seltsamen Gast und er schickte die Seele von Herrn Lennert in die Hölle.

Teil I

1.

Frau Jane Simon hielt eine feine Bürste, die eher wie ein Pinsel aussah, in der einen Hand. In der anderen hielt sie etwas Verstaubtes, das sie genau in Augenschein nahm. Dann stand sie etwas gedankenverloren auf und steuerte auf ein Zelt zu, wo ihr Gehilfe stand, der ihr neugierig entgegenblickte.

„Was hast du da wieder gefunden?“, rief er ihr fröhlich zu. „Wirklich, du hast Talent!“ Dabei lachte er kurz und spitz auf.

„Ja!“, antwortet sie. „Aber leider ist es wieder nur ein Skarabäuskäfer. Schon der dritte in dieser Woche. Was würde ich geben, etwas wirklich Großes zu entdecken.“

„Naja, manche Archäologen finden a-aber nicht ha-alb so viel wie du!“, lobte er sie verlegen stotternd. Schnell wuselte er davon, um nach einem kalten Getränk zu suchen.

„Nett von dir Tim, vielleicht hast du ja Recht “, antwortete Jane.

„Natürlich habe ich das. Ich weiß doch, wie gut du bist!“

Mit zwei Gläsern eisgekühlten Mineralwassers kam er wieder zu ihr. Sie schaute ihn an. Sein liebenswertes, ganz mit Sommersprossen übersätes, Gesicht war durch sein breit aufgesetztes Grinsen fast entstellt. Jane nahm ihr Getränk, bedankte sich bei ihrem Assistenten und machte sich auf, um mit ihrer anstrengenden Arbeit fortzufahren.

2.

Jan Förster stieg erschöpft und müde die Treppe hinauf. Bei jedem lauten Knarren der Stufen zuckte er so zusammen, als wären es Feuerwerkskörper, die hinter seinem Rücken krachten und explodierten. Nach einem langen Arbeitstag lagen seine Nerven blank. Er gähnte laut und stolperte ins Badezimmer. Dort starrte er in den Spiegel, nahm seine riesige Hornbrille von der Nase und putzte sich gemächlich die Zähne. Langsam trottete er in sein Schlafzimmer und ließ sich, nachdem er sich den Schlafanzug angezogen hatte, auf sein Bett fallen.

Es war der härteste Tag gewesen, den er seit langem erlebt hatte.

Er war zwar nur Kassierer eines Supermarktes, aber an diesem Tag hatte er zum ersten Mal bemerkt, wieviel er falsch machen konnte. Zweimal hatte sein Chef ihn angeschrieen, und zweimal hatte er ihn in sein Büro geholt, um eine Verwarnung auszusprechen. Der Fortgang seiner Supermarkt-Karriere hing an einem seidenen Faden. Er vergrub seinen Kopf im Kissen und alles um ihn herum wurde dunkel ...

Mitten in der Nacht tapste er zum Haus seiner Freundin. Dabei tauchte ein Bild in seinem Kopf auf: Er hielt eine Steintafel in der Hand, auf der sich ein Stierkopf befand. Er ging weiter, musste sich aber unterwegs immer wieder irgendwo festhalten, um sein Gleichgewicht nicht zu verlieren. Plötzlich leuchteten die Augen des Stieres rot auf, und die Steintafel verwandelte sich in ein schwarzes Buch, das von einem Mann in einem dunklen Mantel getragen wurde. Dann verschwand das Buch, und der Mann drehte seinen Kopf langsam zu Jan, zeigte mit seinem knochigen Finger auf ihn und flüsterte leise, aber noch so, dass man noch deutlich vernehmen konnte, wie er stammelte: „Deine Freundin...deine Freundin...

deine Freundin..." Bei jedem Mal wurde er etwas lauter: „Deine Freundin ... deine ... Freu ...", bis er fast schrie.

Jan fuhr aus dem Schlaf. Schweißgebadet stand er auf. Er hatte doch gar keine Freundin. Keine. Weder eine feste noch irgendeine andere... Er wusste aber sogleich: Irgendjemand war in großer Gefahr.

3.

Jane stand vor ihrem Spiegel und hielt sich ein Kleid vor ihren schlanken Körper, dann warf sie es ungestüm auf das Bett. „Nein!", dachte sie. Ihre Freundin, ebenfalls Archäologin, hatte sie in den Zirkus eingeladen. Sie entschied sich für einen einfachen Pulli und Jeans. Sie ging die Wendeltreppe nach unten, zog eine Lederjacke an und wartete im Flur bis das laute Klingeln an ihre Ohren drang. Rasch rannte sie die Treppe herunter. Ihre Freundin Stacy stand an der Haustür und grinste sie an. Zur Begrüßung umarmten sie sich und gingen auf ein schnittiges Cabriolet zu, das auffallend glänzte.

Immer wieder war Jane über die Vielzahl teurer Gegenstände ihrer Freundin Stacy überrascht.

Auch wenn sie wusste, dass ihr Vater Multimillionär gewesen war, und sie alles von ihm geerbt hatte. Als einer der einflussreichsten und mächtigsten Männer im Land, hatte er viele Feinde gehabt und war eines rätselhaften Todes gestorben.

„Du weißt ja, heute gebe ich dir alles aus. Scheu dich nicht davor, dir den Bauch vollzuschlagen." Jane lachte. Stacy wusste, dass gebrannte Mandeln ihre Lieblings-Süßigkeit waren.

Als das Auto im Parkhaus direkt neben dem Zirkus zum Stillstand gekommen war, stiegen die beiden gutgelaunt, viel lachend und über dies und jenes tratschend, aus.

4.

Von dem letzten Toten hatte er genug erfahren. Er wusste, wer die Person war, die die Prophezeiung zu erfüllen hatte. Sein Plan würde hundertprozentig klappen. Davon war er überzeugt. Jähe Freude ergriff ihn.

Er hielt eine rote Feder zwischen zwei seiner Finger und ließ sie unversehens fliegen. „Er wird bald kommen", sagte er zu sich und setzte seine Reise fort. Und mit jedem Schritt, den er tat, kam er seinem Ziel näher.

5.

Jan hatte heute von 18 bis 21 Uhr Schicht. In dieser Zeit war im Geschäft wenig los. Deshalb hatte er seine Beine auf dem Stuhl liegen, während er in der neuen *Apothekenrundschau* blätterte, die man ja immer umsonst mitnehmen konnte. Wegen seiner unerträglichen Kopfschmerzen war er in der Apotheke gewesen, um sich ein Medikament zu besorgen. Richtig aufmerksam lesen konnte er nicht, da er immer über seinen Traum nachdenken musste. Es war ja kein gewöhnlicher gewesen. Irgendwie war er wie ein Puzzle, das er selbst zusammensetzen musste.

Er schlussfolgerte zum Beispiel, dass in der Stiersteintafel das Buch verborgen war. Der Mann im Traum erinnerte ihn an den Killer aus

dem *Schrei* oder an Nazgul aus dem *Herr der Ringe*. Auf jeden Fall musste er das Buch in seinen Besitz bringen –

wenn er es nicht sowieso schon besaß. Doch wer sollte diese „Freundin“ sein? Vielleicht war es...
In diesem Moment wurde er aus seinen Überlegungen herausgerissen. „Herr Förster!“, hörte er seinen Chef brüllen. „Sehe ich Sie noch einmal faulenzen, werden Sie gefeuert!“

6.

Jane und Stacy saßen in der vierten Reihe im Zirkus. Von dort aus hatten sie einen guten Blick auf alles, was sich inmitten der Manege abspielte. Beide lachten über den Clown und sie genossen die Kunststücke der Akrobaten und Tiere.

Kurz vor dem Ende der Vorstellung schlich sich ein Mann in den Zirkus, den aber keiner wahrnahm. Er stellte sich vor die beiden jungen Frauen, mitten im Publikum. Jane starrte ihn entgeistert an und fing an zu schreien, denn er trug einen schwarzen Umhang und hielt in seiner knochigen Hand eine Sense. Unter der großen Kapuze war aber kein Gesicht zu erkennen, Jane sah in ein dunkles Nichts. Als er sich bewegte, schien sich die Luft schwarz zu färben. Ihr lauter Schrei wurde sofort erstickt, als sich der Kopf der Gestalt plötzlich in ihre Richtung wandte und zu ihr nach unten beugte.

Der Mann breitete seine Finger aus, streckte sie weit nach oben, als ob er jemanden grüßen würde und stieß sie dann blitzschnell nach unten. Chaos brach aus. Der gesamte Zirkusaufbau stürzte ein.

Jane und Stacy wurden nach unten gerissen und von dem heruntergefallenen Gestänge und dem Zeltdach begraben.

ZIRKU

7.

Das Mädchen hatte ihn bemerkt. Er hatte einen Fehler begangen. Sie würde ihn nicht vergessen. Von nun an würde er sie still beschatten. Er würde ihr immer aus der Ferne folgen.

8.

„Wo bist du?“ Stacy war verzweifelt, sie konnte ihre Freundin nicht sehen. Sie selbst hatte eine kleine Platzwunde am Kopf. Sie spürte das warme Blut an ihrer Wange herunter rinnen. „Jane?“ Ihre Stimme war tränenerstickt. Überall sah sie Tote. Manche waren so zugerichtet, dass ihr bei ihrem Anblick speiübel wurde.

„Hier bin ich, Stacy! Hier...“ Die Stimme klang so schwach, als hätte sie die Worte mit allerletzter Kraft aus sich herausgepresst.

Heftig fing Stacy an zu wühlen, vor allem an der Stelle, wo sie ihre Freundin vermutete. Als sie Jane fand, war sie aber nicht mehr bei Bewusstsein.

9.

Jan kam langsamen Schrittes von der Arbeit zurück. Er öffnete die Gartentür, die sich hinter ihm von selbst wieder quietschend schloss. Er griff in seine Tasche und holte seinen Schlüssel heraus. Die Haustür öffnete sich aber knarrend von alleine. Erstaunt fasste Jan an den Türknauf – er hatte wohl vergessen abzuschließen. Ohne große Bedenken schritt er über die Schwelle. Er wandte sich kurz von der Tür ab, als ihm ein kräftiger Windstoß ins Gesicht blies. Dann trat absolute Stille ein. Jan sah sich vorsichtig um. Irgendetwas stimmte nicht. Vergeblich versuchte er sich zu beruhigen, indem er alles auf seine wilde Phantasie schob. Als er die Küche betrat, hörte er ein leises Lachen. Erschrocken blickte er um sich. Irgendjemand war hier. Langsam und leise setzte er einen Schritt vor den anderen. Das Lachen schien vom Dachboden zu kommen. Er ging die steilen Stufen hinauf und öffnete die Tür. Dunkelheit umfing ihn.

Er brauchte einige Zeit, bis sich seine Augen daran gewöhnt hatten.

Ein lauter Schrei entfuhr ihm. Er ließ sich zurückfallen, zwei gelb funkelnde Augen starrten ihn an.

10.

Stacy saß im Krankenwagen, der mit lauter Sirene die Hauptstraße entlang fuhr. Sie atmete hastig und schnell.
„Wird sie es schaffen, Doktor?“, erkundigte sie sich beim Arzt, der - mit allerhand Geräten beschäftigt - sich um die ohnmächtige Freundin kümmerte.
„Wir wollen es hoffen. Wir müssen aber erst die Untersuchungen im Krankenhaus abwarten. So kann man noch nicht viel erkennen. Sie beide scheinen aber noch Glück gehabt zu haben. Die meisten Zirkusbesucher sind umgekommen. Die Verletzten werden auch einen bleibenden Schaden behalten. Unglaublich, wie das passieren konnte, bestimmt ...“
Stacy schnitt ihm das Wort ab: „Keiner weiß etwas, wirklich verrückt. Aber ich glaube, Jane hat etwas mitbekommen.
Sie hatte plötzlich laut aufgeschrieen. Sie muß irgendetwas gesehen haben.“

„Wir werden es erst wissen, wenn sie wieder bei Bewusstsein ist. Übrigens müssen Sie auch versorgt werden. Ihre Platzwunde sieht auch nicht gerade harmlos aus!"
Stacy schaute auf ihre Freundin – froh, dass sie noch lebte.

11.
„Aber wie haste'n das gemacht?" fragte Gustav verblüfft.
„Tja, ich bin halt'n bisschen besser als du. Du kannst ja nit mal Kickflipp, du Loser!"
„Was? Chill ma'n bisschen, du bist auch kein Naturtalent. Was is'n?"
Alex hatte sein Gesicht zu einer angstverzerrten Grimasse verzogen. Er wollte anscheinend schreien, aber es entfuhr ihm kein Laut. Gustav folgte seinem Blick. Er sah nur noch ein silbernes Blitzen und einen Streifen schwarzer Luft. Er starrte auf den leblosen Körper seines Kumpels. Eine schwarze Gestalt zog eine lange Sense aus dem leblosen Freund.
Blut tropfte von der Spitze. Gustav wich ein paar Schritte zurück. Alles war so schnell gegangen.

Als er wieder auf den Boden blickte, lag dort keine Leiche mehr. Er hob den Kopf. Auch der Mann war nicht mehr da, der mit seiner knochigen Hand die Sense geschwungen und Alex brutal getötet hatte.
Dort stand sein Freund, aber er war nicht mehr der, den er kannte. Er war nicht mehr der, mit dem er aus dem Waisenhaus davon gerannt war, nicht mehr der, mit dem er jeden Tag Skateboard gefahren war. Nur noch die leblose Hülle, die er einmal Freund genannt hatte, stand da. Diese Gestalt starrte ihn mit wahnsinnig großen Augen an. Aus seinem Mund tropfte eine Mischung aus Geifer und Blut. Die Haare, sonst immer stylish hochgegelt, hingen schlaff und strähnig herunter. Aus der Nase und den Ohren lief grüner Schleim. Er sah so grell künstlich aus, als wäre er ein Produkt aus dem Chemielabor. Er rollte mit den gelben Augen und ließ die dünne schmale Zunge aus dem dünnlippigen Mund hängen, beleckte diesen und ließ dabei rasiermesserscharfe, flachkantige, kleine Zähne sehen. Er keuchte laut und ballte seine Fäuste so zusammen, dass seine Fingernägel sich in seine Handballen gruben. Offensichtlich wollte er nun Gustav angreifen.

12.

Die schwarze Gestalt folgte ihr. Er berührte sie, er tat ihr weh. Er verlangte eine Steintafel von ihr, aber Jane wusste nicht, wovon er sprach.

„Wer bist du?“ Er antwortete ihr nicht. Sie wollte ihm davonlaufen. Es gelang ihr nicht. Er kam näher und gelbe Augen funkelten sie an. Sie sah ein Buch, das aus dem Maul eines Stieres kam. Die Geschöpfe lachten. Er tat ihr weh. Er packte mit zwei langen knochigen Fingern in die Nüstern des Stiers. Bucklige Dämonen - schwarz wie die Nacht - umringten sie.

„Nein!“ Mit einem Mal war Jane hellwach. Sie setzte sich kerzengerade auf ihr Bett und die Schweißperlen tropften ihr von der Stirn. Sie ließ sich wieder ins Bett fallen. „Gott sei Dank, nur ein Traum!“, dachte sie.

„Alles nur Fantasie!“ Sie hörte Schritte, und Stacy kam in der Tür zum Vorschein.

„Jane, was ist?“ Sie kam und fühlte ihre Stirn. Du glühst ja, ich rufe sofort den Arzt!“

„Nein, bitte bleibe hier. Er verfolgt mich, der schwarze Mann!“

„Wovon redest du? Hat es mit dem Zirkus zu tun?“

„Ja, er will ein Buch – und – und ...“

„Beruhige dich erst einmal. Ich bin sicher, es wird dir nichts passieren.“

Wie sehr sie sich da täuschte.

13.

Jan rannte aus dem Haus. Er wusste zwar nicht wohin, aber er wollte einfach nur weg. Das Dachbodenmonster folgte ihm, schlitterte aber auf seinem eigenen Schleim aus und prallte gegen die große Holztür. Kurz betäubt lag es auf der Veranda. Es dauerte aber nur ein paar Sekunden, dann war es wieder bei Kräften. Jan sprang in einem großen Satz über die Hecke und raste davon. Während er über den geteerten Fußweg rannte, sprang das Ungetüm wie ein Frosch von Laternenpfahl zu Laternenpfahl. Nachdem es sein Opfer eingeholt hatte, wartete es auf Jans Höhe, um sich auf ihn zu stürzen. Es flog mit einem Affenzahn nach unten und verfehlte Jan nur knapp. Dabei stieß er mit einem Skateboardfahrer zusammen. Dieser taumelte und fiel hin, Jan packte geistesgegenwärtig die eine Hand des Jungen und zerrte ihn vom Boden auf die Füße.

„Ich werde verfolgt“, stammelte Gustav.

„Wir müssen rennen, was das Zeug hält, sonst werden wir beide zermetzelt.“

Jan ahnte, wer der Verfolger seines neuen Kumpels war.

14.

„Was könnte dieses Chaos verursacht haben?“ fragte der Oberinspektor Swan seinen Kollegen. Kein Seil und keine Stange war beschädigt. Keine Spur, die Aufschluss gibt. Als wäre alles durch ein Nichts eingestürzt.

„Sir, ein Zirkusbesucher, der unverletzt davongekommen ist, berichtete, dass eine junge Frau, Anfang zwanzig, kurz vor dem Unglück etwas geschrieen habe, so als hätte sie etwas gesehen.“

„Unfug! Hunderte von Besuchern, und keiner nimmt etwas wahr außer einer jungen Dame?“

„Aber Inspektor! Es ist die Aussage des einzigen Zeugen, den wir haben!“

„Verhören Sie ihn!“, bestimmte daraufhin Swan widerwillig.

„Alles klar!“ Steve salutierte und ging.

15.

Beide rannten um ihr Leben. Nun waren zwei dieser unsäglichen Ungeheuer hinter ihnen her. Der eine lief auf allen Vieren und riss beim Lauf den Asphalt weg, der andere sprang von einem parkenden Auto zum anderen. Als Gustav einen scharfen Bogen nach rechts machte, war Jan gezwungen, ihm zu folgen. Zwei große, gelb leuchtende Scheinwerfer waren zu sehen, die immer näher kamen. Die beiden Monster rasten zähnefletschend um die Ecke, sie rasten in einem Tempo, als wären sie ein Rennwagen der Formel 1, was dazu führte, dass sie die Kontrolle über sich verloren.

Der eine raste gegen einen Laternenpfahl, wobei der andere sich gerade noch am Boden festkrallen konnte. Ein lautes Krachen, zwei schrille Schreie, ein fliegender Zombiekopf und ein betätigter Airbag.

Ein Ungeheuer lag nun ohnmächtig auf dem Boden und sah in diesem Zustand wie ein Kind aus, das friedlich schlief. Jan und Gustav näherten sich vorsichtig, um ihren Verfolger näher in Augenschein zu nehmen.

16.

„Was haben wir denn hier?“ Tim hockte sich auf den Boden und strich mit einem Pinsel in der Hand Staub und ein paar feine Steinchen von einer Tafel.
Olaf nickte sehr selbstzufrieden: „Ja Sir, hier haben wir es mit einem Prachtexemplar zu tun!“ Er hielt inne, um die Wirkung seiner Worte bei seinem Chef abzuwarten.
Doch als dieser nur weiterhin gedankenverloren die steinerne Platte anstarrte, fuhr er glucksend fort: „Es lag da drüben, einfach im Sand, Sir, da habe ich es gesehen, Sir. Daraufhin habe ich es vorsichtig aus der Erde gezogen und dachte mir nichts Großartiges dabei, aber als ich es dann...“
„Ist gut Olaf. Du hast schöne Arbeit geleistet!“

Olaf klopfte mit seinen Händen auf den dicken Bauch, nahm sein Werkzeug und machte sich auf. Tim ging, um Jane anzurufen.

17.

Der Fahrer stieg mit viel Mühe und sichtlich wütend aus dem Wagen und knallte mit einem lauten Stöhnen die Tür zu. Er ging einmal um sein Auto, um festzustellen, dass er scheinbar grundlos einen Unfall gebaut hatte. Ein kaputter Kühler und ein verbogener Laternenpfahl entstanden durch Nichts. Er stützte die Hände in die Hüften und schaute sich um. Jan trat vor ihn und berichtete, was vorgefallen war. Während er es erklärte, sah der Unbekannte ihn so an, als sei er betrunken oder nicht richtig im Kopf. Der Mann kratzte sich an der Stirn.

„Sieh mal!“, fing er langsam an und scheinbar überlegte er, wie er sich ausdrücken sollte, um sein Gegenüber nicht zu verletzen.

Er legte einen Arm um Jans Schulter und sprach ruhig auf ihn ein: „Es ist so, dass es Sachen gibt, die es wirk-

lich gibt .Und es gibt Sachen, die sind einfach Hirngespinste und der Fantasie entsprungen!“
Jan wurde wütend und löste sich aus dem ‚Kumpel’-Griff.
„Nein!“, sagte er laut. „Ihr Auto ist durch eine Ursache beschädigt worden, die Sie nicht sehen. Aber wir haben sie gesehen. Es waren ...“ Er stockte, denn er wusste nicht, wie er es sagen sollte.
„Hirngespinste!“ beendete der Mann den Satz von Jan. Dieser war nun kurz davor, die Fassung zu verlieren und wandte sich um, zu Gustav, der sich immer noch angsterfüllt hinter den Laternenpfahl presste.

18.

„Nun, ich denke wir können Sie jetzt entlassen.“ Der Arzt nickte zufrieden. „Sie sind von einem Tag auf den anderen gesund geworden.“ Jane sprang aus dem Bett.
„Endlich!“ stöhnte sie erleichtert.
„Sie können jetzt gehen.“
Der Arzt streckte ihr die Hand entgegen. Jane ergriff sie und schüttelte sie heftig. Dann rannte sie aus dem

Zimmer heraus auf den langen Korridor, wo ihr Stacy entgegen kam.

Die beiden Frauen standen an der Bushaltestelle, bis Stacy das Schweigen brach: „Was hast du gesehen an dem Tag im Zirkus?“

Mit einem Mal verfinsterte sich der Blick von Jane.

„Wie“, fing sie langsam an, „soll ich dir das erklären? Also: Ich saß da, und auf einmal stand ein Mann direkt vor mir, der schwarz gekleidet war und blickte mich an. Als er sah, dass ich ihn sehen konnte, ließ er das Zirkuszelt einstürzen!“

Stacy starrte sie an, als wäre sie von einem anderen Planeten.

„Was?!“ sagte sie entgeistert. „Und warum konnte ihn keiner außer dir sehen? So etwas gibt es nicht. Nein auf gar keinen Fall!“, erwiderte sie, als ob damit das letzte Wort gesprochen wäre. Sie schüttelte den Kopf und beide stiegen in den Bus.

19.

Gustav schlenderte neben Jan her. Beide schauten auf ihre Füße, ohne zu wissen, was sie sagen sollten. „Woher kommst du eigentlich?“, fragte Jan.

Gustav hob den Kopf und antwortete: „Bin Waise! Hab’ niemanden.“

„Dann“, Jan schob ihn beiseite und blickte ihm direkt in sein Gesicht, „wirst du bei mir schlafen, bis wir eine vernünftige Unterkunft für dich gefunden haben.“

Gustav nickte verlegen und sagte knapp: „Danke, Alter.“

Als sie bei Jan zu Hause angekommen waren, brachte er Gustav zu Bett und legte sich dann selbst auf die Couch. Kurz dachte er noch über die Geschehnisse dieser Nacht nach, bis seine Augenlider so schwer wurden, dass sie zufielen.

„Deine Freundin!“ zischte die Stimme. „Gib sie mir, die Tafel!“

Plötzlich erschien die Gestalt eines Mädchens, das eine Tafel in ihrer Hand trug.

Sie fiel jedoch auf einmal zu Boden und ein Mann, in seinen schwarzen Mantel gehüllt, streckte seine Hände nach dieser aus und ergriff sie. Dann sah er eine Ausgrabungsstätte, und dann war da noch eine rote Hahnenfeder, die im Wind flog und...

„Was is' los Alter? Du hast voll geschrieen, stimmt denn was nicht?"

„Nein", erwiderte Jan und sah ihn grübelnd an. „Ich muss morgen zu einer Ausgrabungsstätte, um meine *Freundin* zu treffen. Sie ist in Gefahr." sagte er mehr zu sich selbst als zu Gustav, der ihn erstaunt anstarrte. „Hör zu Gustav: Du wirst morgen keinen Schritt aus dem Haus machen! Verstehst du mich? Keinen." Er wiederholte es, um seinen Worten Nachdruck zu verleihen. „So, jetzt geh wieder schlafen."

Doch Gustav dachte nicht daran, da zu bleiben.

20.

Jane reckte sich und stand verschlafen neben Tim, der mit einer Hand auf die Steintafel mit dem Stierkopf deutete. Er nickte zufrieden: „Das haben wir in deiner Abwesenheit entdeckt. Du kannst stolz auf uns sein, mein Täubchen."

Er lachte laut auf und sah Jane an, als würde er sagen wollen: „Her mit dem Lob und einer Gehaltserhöhung, wenn ich bitten darf!"

„Nein", stöhnte Stacy. Sie machte einen Schritt rückwärts und fasste sich an ihre Stirn.

„Schaff sofort das Ding weg, Tim. Sofort! Wir hätten das nie finden dürfen. LOS!"

„Aber das ist doch nichts Schreckliches. Schau es dir an, nur eine Steintafel. Beruhige dich wieder."

Sie schüttelte den Kopf und rannte mit der Steintafel in den Wohnwagen. Sie legte sie in einen Schrank und verbarrikadierte den Wagen.

Doch es war zu spät.

21.

Jan lief die Straßen entlang. Immer wieder fragte er Leute, wo es denn zu den Ausgrabungen in der Nähe von St. Nessel, einem benachbarten Stadtteil in der Nähe seines Wohnortes, ginge.

Gustav folgte ihm auf leisen Sohlen, versteckte sich hinter allem was er finden konnte, sodass Jan ihn nicht bemerkte. Die Worte ‚Meine *Freundin* ist in Gefahr' hatten ihn doch sehr irritiert.

Auf einmal spürte er einen Luftzug hinter sich, ein Röcheln, und er konnte sich nicht mehr bewegen. Er fühlte, wie eine unbändige Kraft ihn vom Boden hochzog. Er wollte schreien, doch kein Laut entfuhr seiner Kehle.

Da tauchte vor ihm ein Mann auf, den er noch nie zuvor gesehen hatte. Zu seiner Verblüffung nahm der Mann mit ihm im Schlepptau die Fährte von Jan wieder auf.

22.

Jane blickte rasch um sich, um zu erspähen, ob irgendjemand die Situation beobachtete. Tim kam angelaufen, schnaufend und rot im Gesicht.

„Bitte sag' mir was das soll?! Wir haben das Ding hier ausgegraben und nichts Gefährliches feststellen können."

Jane schüttelte den Kopf. „Das verstehst du nicht. Wir vergessen das jetzt einfach, und es ist nichts passiert. Verstanden?!"

Doch in diesem Moment lief jemand den steilen Berghang hinunter, nicht weniger rot im Gesicht als Tim. Als er Jane erblickte, stürmte er auf sie los.

„Passanten haben auf diesem Grundstück nichts verloren. Also muss ich Sie bitten zu gehen", versuchte Tim ihn zu bremsen. Jan ging aber auf seine Worte nicht ein, sondern stellte sich erst kurz vor und fragte dann: „Haben Sie eine Tafel aus Stein, auf der ein Stier zu sehen ist? Wenn ja, sagen Sie es bitte."

Jane wurde starr vor Schreck. Woher wusste dieser Mann von der Tafel?

Sie zog ihn zu sich hinter den Wohnwagen und zischte:

„Woher wissen Sie das?“

„Das ist unwichtig. Sie sind in großer Gefahr!“

Daraufhin hörten sie ein lautes Schreien. Beide kamen wieder hervor und sahen noch, wie Tim langsam zu Boden ging und dort reglos liegen blieb. Oben auf einer Sanddüne stand der Mann. Neben ihm schwebte Gustav.

Er sprach zwar nicht zu ihnen, dennoch konnten sie seine Stimme in ihren Köpfen hören: „Gebt mir die Steintafel, oder der Junge ist verloren!“

Jan schüttelte den Kopf. Da spürte er einen stechenden Schmerz in seiner linken Wade, sodass er zu Boden glitt. Der Mann sprach wieder zu ihnen.

Jane wich einige Schritte zurück. „Wir müssen sie ihm geben, Herr Förster, sonst wird er uns und den Jungen töten. Und wenn das geschehen ist, wird er die Steintafel sowieso kriegen.“

„Ja“, stöhnte Jan. „Gib sie ihm!“

Jane wusste zwar nicht, was passieren würde, wenn der Mann die Steintafel bekam. Es würde jedoch nichts Gutes sein, das ahnte sie nicht nur, das stand für sie fest.

Sie holte die Platte hervor und rannte ohne zu zögern davon.

Doch in dem Moment war die Tafel nicht mehr in ihren Händen. Stattdessen umklammerte der Mann, der sich nicht bewegt hatte, diese, und Gustav lag bewusstlos neben ihnen.

Wer war der Mann, der die Steintafel in seinen Besitz genommen hatte?

Ende Teil I

Teil II

1.

Er schritt bedächtig langsam durch die sandige Wüste. Er würde nicht eher stehen bleiben und sich von nichts ablenken lassen, bis er sein Ziel erreicht hatte. Er hatte nun die Steintafel und in dieser war das schwarze Buch.

2.

Jane saß im Auto ihrer Freundin auf dem Weg nach Hause. Das Auto hielt. Sie öffnete die Tür und verabschiedete sich von ihren Freunden. Schweren Schrittes ging sie auf ihre Haustür zu und öffnete sie. Sie fühlte sich belastet von dem, was vor kurzem auf sie eingestürmt war. Zuerst diese Träume, danach dieser Mann, der, in eine Kapuze gehüllt, immer wieder schreckliche Taten verübt und schließlich die Steintafel mit dem Stierkopf gestohlen hatte.

Sie ließ sich auf ihr Bett fallen. Sie wusste, dass sie diese Nacht kein Auge schließen würde.

Daher versuchte sie es gar nicht erst, erhob sich wieder und schaltete den Fernseher ein.
Es liefen die Nachrichten wie jeden Abend um zehn Uhr. Der Präsident stand auf einer Bühne und starrte mit merkwürdig leeren Augen in die Kamera und redete über einen Neuanfang, und dass es so nicht mehr weiter gehen könne. Daraufhin holte er eine schwarze, voll erblühte Blume aus seiner Jackentasche. Als Jane sie auf dem Bildschirm sah, fühlte sie sich müde und schwach. Ihr Blick verschwamm, sie sackte auf ihrem Stuhl zusammen und schlief ein.
Der Mann stand auf einer hohen Sanddüne und streckte seine knochigen Hände in die Höhe. Der Himmel verdunkelte sich und es blitzte. Dann fing die Erde an zu beben. Eine schwarze Wolke wurde wie von einem Tornado nach unten gezogen und...
Jane schrie und wachte schweißgebadet auf. Sie schüttelte den Kopf und vergrub ihr Gesicht in beide Hände. Es hatte wieder angefangen. Es ging von neuem los.

3.

Swan saß im Polizeipräsidium und durchstöberte ein paar Akten. Er war mit seinen Nerven am Ende. Der Fall vom zerstörten Zirkus und der gestohlenen Steintafel machte ihm schwer zu schaffen. Wieder nichts, dachte er und ließ sich auf seinen Stuhl sinken.

Da öffnete sich plötzlich die Tür und Polizeichef Kabadil, ein dicker, kleiner Mann, von dem bekannt war, dass mit ihm nicht gut Kirschenessen war, trat ein.

Wenn Kabadil zu einem Angestellten ins Büro kam, hieß das für denjenigen nichts Gutes, daher rückte Swan sofort seine Krawatte zurecht und saß mit einem Mal kerzengerade.

Als Kabadil das registrierte, lachte er sein schrecklich dröhnendes Lachen und betrachtete Swan wie einen alten Freund.

„Sind Sie immer noch an dem Fall mit dem Zirkus und dem schrecklichen schwarzen Mann dran?“, fragte er.

„Ja, Sir“, antwortete Swan. „Doch viel Aussicht auf eine Lösung haben wir nicht. Der Zirkus scheint von ganz allein ...“

„Ja natürlich“, unterbrach ihn Kabadil. „Aber ich denke, dass dieser Fall nicht geklärt werden braucht, Herr Swan. Ich bin mir sicher, es war nur ein Unfall. Lassen Sie uns doch einfach die armen Menschen vergessen, die bei diesem tragischen Ereignis ums Leben gekommen sind. Sie waren doch nur bemitleidenswerte Wesen, die das Schicksal uns genommen hat.“

„WAS?“, fuhr Swan dazwischen. „Das ist nicht ihr Ernst!?“

„Aber natürlich ist es das!“ Nun lächelte er sein fieses Grinsen und starrte Swan direkt in die Augen. Seine Augen waren milchig und zuckten rot auf.

Swan stand auf. „Sie sind verrückt!“ schnaubte er.

Da nahm Kabadil eine schön erblühte schwarze Blume aus seiner Jackentasche und Swan brach zusammen.

4.

Als Jan die Tür öffnete, saß Gustav allein im Wohnzimmer und lauschte dem Radio: „Meine Damen und Herren, die schlimmen Vorkommnisse der letzten Tage sind Geschichte. Wir sollten vertrauensvoll in die Zukunft blicken und das, was war, hinter uns lassen. Die Zirkuskatastrophe und die gestohlene Steintafel sollten uns nicht mehr beschäftigen."

„Was hörst du da, Gustav?", wollte Jan wissen.

„Nachrichten", antwortete Gustav knapp. „Sie berichten über die Ereignisse mit dem schwarzen Mann!"

„Und, was sagen sie?"

„Der Polizeichef ist der Meinung, man solle alles vergessen, was passiert sei, denn der Fall sei praktisch gelöst."

„Was? Hat jemand angerufen? Swan?"

„Nein. Swan hat nicht angerufen."

„Merkwürdig. Wie wollen sie denn das gelöst haben? Sie haben wohl kaum den schwarzen Mann festgenommen! Ich werde anrufen und nachfragen."

Er lief zum Telefon, klemmte den Hörer an sein Ohr, und drückte rasch die Nummer von Swans Büro in die Tasten.
„Swan, hier ist Jan Förster. Der Polizeichef hat im Radio verkündet, der Fall sei geklärt?“
„Haha, Swan arbeitet hier nicht mehr. Und ja, der Fall ist geklärt.“ Jan ließ den Hörer fallen. Die Stimme kannte er. Dieses leise, gehetzte Sprechen...
Er beschloss, Swan einen privaten Besuch abzustatten. Er hoffte, ihn persönlich anzutreffen, um Genaueres zu erfahren.

5.

Als Jane wieder aus ihrer Bewusstlosigkeit erwachte, konnte sie sich an nichts mehr erinnern außer an den Präsidenten, der diese schwarze Blume aus seiner Jacketttasche herausgeholt hatte. Sie fühlte sich, als würde ihr Kopf jeden Moment platzen und ihr war speiübel. Sie entschloss sich zum Arzt zu fahren.
Die Praxis war mit Leuten überfüllt. Jane erschrak, denn beim genauen Hinsehen hatten sie alle milchige Augen,

die ausdruckslos und leer in die Luft starrten.
Es war totenstill. Der Reihe nach wurden die Wartenden aufgerufen. Schwerfällig standen sie auf, wendeten langsam ihren Kopf Richtung Behandlungszimmer und traten dort ein. Schließlich war Jane an der Reihe. Doch ihre erste Frage an den Arzt lautete nicht: „Was fehlt mir denn?“, sondern: „Was ist mit den Leuten da draußen?“
Der Arzt schwieg kurz und bemerkte dann: „Sie scheinen alle wie hypnotisiert. Sie denken an das Gleiche und fühlen sich etwas merkwürdig. Sehr seltsam jedenfalls. Und was ist mit Ihnen?“
„Wissen Sie Dr. Frank, ich habe die Rede des Präsidenten gestern gesehen und danach bin ich bewusstlos geworden.“
„Immer diese Rede. Jeder meiner Patienten hier sagt, dass ihr eigentümlicher Zustand seit der Rede so sei. Waren Sie live dabei?“
„Nein, ich habe sie im Fernsehen gesehen.“
„Alle mit diesen rätselhaften Symptomen sagen, sie seien live dabei gewesen. Aber keiner von ihnen hat etwas Auffälliges bemerkt.
Hm, es wird wohl alles nur ...“

„Doch, doch, es gab etwas Ungewöhnliches!
Er hat eine schwarze Blume aus dem Jackett geholt! Erst als ich die wahrgenommen habe, bin ich in Ohnmacht gefallen!“
Frank blickte sie kurz aufmerksam prüfend an. Nach einer Routineuntersuchung, die nichts ergab, bat er sie nach Hause zu gehen und sich zur Schonung noch etwas hinzulegen.

6.

„Meine Damen und Herren, es scheint ein Virus die Stadt ergriffen zu haben. Die Regierung verhängt deshalb eine allgemeine Ausgangssperre, damit das Virus nicht noch weiter verbreitet wird. Wer sich nicht daran hält, wird mit einer Geldstrafe von mindestens 1000 Euro belangt werden. Zur Überwachung werden neue Sondereinheiten die Straßen kontrollieren. Personen, die von dem Virus befallen sind, sind sehr ansteckend, und da die Krankheit fast ohne Symptome verläuft, macht das diese Situation und den Umgang mit der Infektion natürlich sehr kompliziert."

Stacy schaltete den Fernseher aus. „Virus! So ein Quatsch."

Sie lugte aus dem Fenster. An der Straßenecke stand jemand in einer Sonderuniform – elektroblau – und bewachte offensichtlich einen Gegenstand. War das schon das neue Sonderkommando?! So schnell? UNMÖGLICH!

Sie streckte ihren Kopf aus dem Fenster und rief:

„Officer!"

Der Mann drehte sich um und kam langsam in ihre Richtung. Sein Gesicht konnte Stacy zunächst nicht sehen. Als er nahe genug war fragte sie: „Sind sie einer von diesen Sonderkommandos, die die Ausgangssperre überwachen sollen?"

„Probieren Sie es doch aus. Kommen Sie, treten Sie mal vor die Tür!", gab er ihr mit gebrochener Stimme zur Antwort.

Stacy schreckte zurück. Ihr fiel nichts Besseres ein, als zu sagen: „Wie reden sie mit mir?! Und warum sehen Sie mich nicht an?"

Sofort bereute sie ihre Aufforderung.

Der Mann enthüllte sein Gesicht. Er hatte lange spitze Zähne. Seine Gesichtshaut war grün-gelblich und sehr zerfurcht. Seine Augen waren von stechendem Rot, und er lachte kreischend laut.

„Wie ein Irrer!" durchfuhr es Stacy. Er machte unvermittelt kehrt und ging zu seinem Beobachtungsposten zurück. Stacy fing an, laut zu schreien. Dabei stolperte sie nach hinten. Nachdem sie aber wieder zur Vernunft gekommen war, fühlte sie sich zwar immer noch wie unter Schock und war entsetzt, aber gleichzeitig entschied sie sich zu handeln. Die Vorgehensweise der Regierung war ihr unerklärlich, und - wütender als je zuvor - entwickelte sie einen Plan.

7.

Jane war zu Hause und fragte sich, was Dr. Frank unternehmen wollte. Sein ruhiger, entschlossener Abschied signalisierte ihr, dass er etwas vorhatte. Wollte er zur Polizei? Da klingelte das Telefon, und Stacy war am Apparat: „Hast du schon die Ausgangssperre mitbekommen?“ Fast atemlos keuchte Stacy ihre Frage in den Hörer.

„Natürlich. Wie denn auch nicht, wenn...“

„Und hast du schon gesehen, aus was für Leuten das Sonderkommando besteht?“

„Nein. Die stehen nur da und das Gesicht kann man ja nicht sehen, weil ...“

„Jaja. OK.“

Allmählich wurde Jane ärgerlich, da Stacy sie einfach nicht ausreden ließ.

„Ich habe mit einem von dem Sonderkommando gesprochen. Das sind keine Menschen.“

„Was? Komm sofort zu mir – dann gehen wir zu Jan.“

„Zu wem?“

„Egal. Komm einfach! Er war dabei, als der Schwarze die Steintafel geklaut hat.“

## 8.

Der Präsident schritt die nackten, kalten Steinstufen hinauf. Sobald er die abgerundeten Stufen der hoch führenden Treppe empor blickte, glaubte er, tausende Augen würden ihn beobachten.

Als er schließlich oben angekommen war, klopfte er an die große Eingangstür, die nach seiner Berührung von alleine aufsprang.

Er trat in einen Saal, der mit Kronleuchtern erhellt war. Trotz der Tatsache, dass alle herumstehenden Gegenstände offensichtlich sehr wertvoll waren, wirkten sie in seinen Augen schäbig. Der Präsident richtete seinen Blick auf den vor ihm stehenden Thron. Er war leer. Er kniete nieder, er wusste, sein Meister war anwesend.

## 9.

Jan drückte die Klingel an Swans Haustür. Dieser machte sofort auf und bat ihn herein zu kommen. Swan sah mitgenommen aus. Er hatte große, dunkle Ringe unter verschlafen aussehenden Augen, sein Haar war zerzaust, und er wirkte unheimlich erschöpft.

„Was ist denn los mit dir? Wieso warst du nicht arbeiten?“ Jan schlug einen strengen Ton an.

„Ich kann nicht mehr als Beamter arbeiten. Die Verantwortlichen der Stadt drehen durch.

Mein Vorgesetzter ist unberechenbar und verhält sich kaltblütig.

Gegenüber den schlimmsten Todesopfern zeigt er kein Erbarmen."

Swan atmete schwer und fuhr fort: „Unsere Stadt und unser Land stehen am Abgrund. Es ist eine Ausgangssperre verhängt worden, Jan. AUSGANGSSPERRE!"

Er fing an wie ein Verrückter zu lachen, und erst dann sprach er weiter: „Wir werden nicht mehr von unserer Regierung gesteuert. Sondern von – von..." Er brach ab. Schweißperlen tropften ihm von der Stirn. Nach einer Minute des Schweigens fuhr er fort: „Ich habe ihn gesehen, Jan. Er hat zu mir gesprochen. Aber ich weiß nicht mehr was. Irgendwelche wohlklingenden Worte. Er sagte etwas von…ich solle mich irgendetwas anschließen, einem Reich in der Wüste."

Jan konnte nicht mehr zuhören, das waren zu viele unverständliche Informationen auf einmal.

Das Einzige, was er wusste, war: Swan war scheinbar kurz davor, wahnsinnig zu werden.

Er entschloss sich, erst einmal beruhigend auf ihn einzureden.

10.

Stacy schlich aus dem Haus. Die Wächter durften sie nicht bemerken. Sie schloss die Hintertür, so leise sie konnte und kletterte über ihren Gartenzaun.

Das Ding vom Sonderkommando (so nannte sie das Schreckgespenst in ihrer Vorstellung) schien zu spüren, dass sich jemand nicht den Regeln entsprechend verhielt. Es fing an, hoch in die Luft zu schnüffeln, bewegte sich jedoch nicht von der Stelle. Dies beruhigte Stacy ein wenig.

Sie hatte ein großes Küchenmesser aus Angst - und zu ihrer Verteidigung - eingepackt, für den Fall, dass sie gefangen genommen werden würde. Doch als sie wenige Meter von ihrem Haus entfernt war, sah sie, dass an jeder Straßenecke ein Wächter stand. Ihr wurde bewusst, dass es unmöglich war, weiterzugehen. Sie drehte sich resigniert seufzend um. Der Laut war zu auffällig gewesen.

In dem Moment hatte eins der ‚Dinger' seine Hand auf ihre Schulter gelegt. Es packte sie an die Kehle und hob sie hoch. Sie wollte schreien

sie röchelte, schlug ihren Kopf hin und her, war kurz vor dem Erstickungstod. Sie griff mit ihrer rechten Hand in ihre Handtasche, zog ihr Messer und fuchtelte damit blindlings um sich.

Dabei bohrte es sich in den Bauch des ‚Dings'.

Es schnaubte, seine Augen quollen hervor und schwarzes Blut tropfte ihm aus dem Mund. Stacy spürte, wie sich der Griff lockerte, als das Ungeheuer zu Boden ging. Mit verzweifelter Kraft zog sie es in ihren Vorgarten. Dort riss sie ihm die Kleidung vom Leib.

11.

„Jane", rief eine sanfte Stimme.

„Ja." Jane drehte sich im Kreis und suchte mit ihren Augen ab, woher dieser zarte Laut gekommen war.

Es war vollkommen weiß um sie.

Da erblickte sie die hübscheste Frau, die sie je gesehen hatte. Sie hatte langes, weiß gewelltes Haar und trug ein

Kleid, das Jane an ein Hochzeitskleid erinnerte. Ihre feinen Gesichtszüge hatten etwas so Freundliches, dass man denken könnte, man blicke in das Zauberhafteste auf Erden.

Als die Frau bei Jane angekommen war, fing sie an, predigend zu reden:
„Es gibt eine große Bedrohung auf eurem Planeten. Der Geist der Toten ist auf der Erde und versucht ein Reich mit seinen eigenen Gesetzen zu gründen. Kein gewöhnlicher Mensch kann ihn aufhalten. Er hat bereits einige schwache Menschen in seinem Bann. Er benutzt eure menschliche Hülle, um noch mehr Anhänger um sich zu scharen. Sobald sie ihm verfallen, sind sie tot. Die schwarze Blume, die er bei sich trägt, hat die Kraft, einen Menschen sofort zu töten und seine leere Hülle trotzdem noch lebendig wirken zu lassen. Sie sind seine Marionetten.
Finde die weiße Blume, um seine Macht zu brechen. Sie ist am höchsten Punkt der Erde zu finden. Nur so werden die Welt und die Menschen wieder, so wie sie einst waren.“

Die Frau bewegte sich wie ein Schmetterling, ihre Bewegungen wurden zuckend und hektisch. So schnell wie sie aufgetaucht war, drohte sie wieder zu verschwinden. Jane rief ihr hinterher: „Was steht im schwarzen Buch?“

Sie drehte sich noch einmal zu Jane um und ihre Worte klangen glasklar: „Die Gesetze der neuen Welt. Ohne sie kann das neue Reich nicht entstehen.“

Jane erwachte aus dem Schlaf. Sie fühlte sich überraschend gut, fit und klar im Kopf. Sie wusste, was zu tun war.

12.

Jan schnappte sich Swans Polizeiausweis und eine Uniform. Durch die Ausgangssperre würden sie beide nur als Polizisten durchkommen. Somit zwang er Swan in sein Dienstauto, setzte sich neben ihn auf den Fahrersitz und drückte auf das Gaspedal. Fast an jeder Straßenecke oder Kreuzung mussten sie anhalten. Denn das neue

Sonderkommando war zwar nicht gerade sehr intelligent, dennoch sehr misstrauisch.

Sie wurden aufgefordert, den Pass vorzuzeigen. Ihnen reichte glücklicherweise nur einer. Selten wurden sie gefragt, wohin sie wollten, und wenn, dann hatte Jan eine nützliche Ausrede parat: „Wir sind auf dem Weg, um mit Herrn Kabadil zu sprechen. Wir müssen den Sonderdienst an der Eichen-Linden-Allee ersetzen." Keiner der Wachen wusste, dass es diese Örtlichkeit gar nicht gab.

Alles lief nach Plan. Jan freute sich, bis plötzlich „Was ist passiert? Wo bin ich? Jan!?" von Swan kam. Er schien aus einer Art Ohnmacht zurückzukommen. Er hatte seit Stunden nichts gesagt und war nun aufgewacht. Der Soldat, der sie soeben angehalten hatte, beäugte sie skeptisch. Er verlangte zu Jans Entsetzen beide Pässe. Jan übergab dem Mann seinen Pass. Als er diesen sorgfältig begutachtete, schnappte sich Jan den Ausweis, drückte fest das Gaspedal durch und ließ den wütenden Mann verdutzt stehen. Er hatte vor, erst Gustav abzuholen und dann Jane.

13.

Stacy hatte sich als ein Mann des Sonderkommandos verkleidet. Sie ging die Straßen entlang. Immer wenn sie an einem der Anderen vorbei kam, nickte sie kurz. Eine Art Kapuze hatte sie tief in ihre Stirn gezogen.

Sie konzentrierte sich darauf, nicht ihre Hände oder ihr Gesicht zu zeigen, denn sonst würden sie sofort erkennen, dass sie ein Mensch war. Der stinkende Geruch, der von der Kleidung ausging, war so stark, dass er ihre menschliche Ausdünstung leicht überdeckte. So war die Gefahr gering, dass die Monster sie erschnüffelten.

Als sie schon eine Weile unterwegs war, begann einer der Männer, sie zu begleiten und anzusprechen: „Wo geht's denn hin?"

Stacy zögerte erst, fasste dann Mut und krächzte: „Ich muss eine Frau verhören, die angeblich draußen gesichtet worden ist."

Der andere lachte rauh auf: „Jaja. Dachte ich mir schon. Ich komm mit. Hab' schon seit einer Ewigkeit nichts mehr zu tun gehabt."

Innerlich fluchte Stacy. Das war nicht zu fassen. Sie musste etwas dagegen unternehmen.

Ihn an Ort und Stelle niederzumetzeln schien ihr keine gute Idee. Sie sann auf eine Ausrede.
„Ich muss noch kurz was erledigen, bevor ich die Frau verhöre. Da kannst du leider nicht mit."
„Dann geh' du nur. Währenddessen verhöre ich die Frau. Wo wohnt sie denn?"

Er fletschte die Zähne und schnalzte genüsslich mit der Zunge.
„Irmenstraße 37", erwiderte Stacy.

Zwei Sekunden später fiel ihr ein, dass sie aus Versehen die Adresse von Jane genannt hatte. Sie bog an der nächsten Straßenecke ab und zückte schnell ihr Handy. Sie wählte die Kurzwahl für Jane.
„Hallo?" meldete diese sich.
Stacy flüsterte in ihr Telefon: „Gleich kommt einer dieser Sonderkommandofreaks zu dir. Du
musst ihn irgendwie aus dem Weg schaffen."
„Wieso? Was!?"
„Keine Zeit für Erklärungen. Tschüss.
Ich werde ihm bis zu dir nach Hause folgen!"

14.

Als Jan zu Hause ankam und durch die Haustür in den Flur trat, sah er Gustav auf dem Boden liegen und über ihm ein grausiges Ungetüm.
Es sabberte und seine Augen funkelten.
Jan schrie genau in dem Moment verzweifelt „NEIN!“, als Gustav sich versuchte zu wehren und von dem Monster einen Prankenhieb direkt auf die Brust bekam. Jan stürzte sich auf das Ungeheuer und verpasste ihm rechts und links Fausthiebe ins Gesicht.
Diese reichten aus, um die Schreckensgestalt wenigstens kurz außer Gefecht zu setzen. Als Jan sich umdrehte, sah er, wie Swan - nach Luft schnappend - aus der Tür in den Raum gerannt kam. Zusammen packten sie den wimmernden Gustav. Sie schleppten ihn ins Auto und fuhren zu Jane. Sie war es, die er jetzt unbedingt treffen musste.

Er klingelte Sturm an ihrer Haustür. Sie öffnete sofort. Sie teilte ihm mit, dass er und Swan Besuch zu erwarten hätten.
Jan nickte verständnisvoll: „Wir müssen eine Falle stellen“, schlug er vor.

Die anderen beiden stimmten zu. Swan stand auf und erläuterte seinen Plan. Es schien ihm wieder etwas besser zu gehen im Gegensatz zu Gustav, der erschreckend e-lend aussah.

Nach einigem Hin und Her entschieden sie gemeinsam, dass Jane und Gustav sich verstecken sollten. Swan würde oben auf der Treppe stehen, um den Mann zum Angriff zu provozieren. Währenddessen sollte Jan sich von hinten anschleichen und ihm ein Messer in den Rücken treiben.
Alle gingen wie abgestimmt auf ihre Posten.

Um 21.10 Uhr öffnete sich knarzend die Haustür und zwei rot schimmernde Augen lugten durch den Türspalt. Jan, der ihm am nächsten stand, hörte ihn erregt schnüffeln. Dann trat er ein und machte eine schwach leuchtende Lampe an. Er schlich als erstes den unteren Teil der Wohnung ab und suchte nach seinem Opfer. Als er seine Suche ergebnislos beendete, fauchte er leise und stieg die Treppe hinauf.

Da hörte Jan Swan rufen: „Was machen Sie in meinem Haus, Sie Verbrecher!
Das ist Hausfriedensbruch. Verschwinden Sie!“
Swan warf nun mit einer kleinen Standuhr auf den Mann, der daraufhin wütend auffuhr und zum gewaltsamen Angriff überging.
Er riss sich die Kleidung vom Körper und raste mit allen Vieren die Stufen empor. Jan sprang auf und stürzte sich mutig auf den Rücken des Ungetüms.
Doch kurz bevor das Messer den Rücken berühren konnte, schlug ihn das Monster von sich weg, und er fiel die Treppe hinunter. Jan rappelte sich wieder auf, schon wieder stand das ungeheure Ding vor ihm.

In seiner überdimensionalen, riesigen Hand hielt er schon Swan an der Kehle gepackt. Im nächsten Moment war auch er in demselben tödlichen Klammergriff gefangen. Er rang nach Luft, das Ungeheuer lachte nur gehässig. Da wurde die Tür aufgerissen und Stacy stolperte in das Getümmel. Sie holte aus, und wie ein Zirkusakrobat zielte sie mit ihrem ausgepackten Messer und warf es mit ungestümer Kraft in den Rücken des Monsters.

15.

„Das hätte auch schief gehen können“, sagte Stacy leise und versorgte zusammen mit Jane die drei angeschlagenen männlichen Wesen: Jan, Swan und Gustav. Diese Zeit nutzte Jane, um ihren Freunden von ihrem Traum zu erzählen. Sie hörten alle gespannt zu. Als sie zum Ende gekommen war, machten die anderen betroffene Gesichter: „Am höchsten Punkt der Welt?

Wir sind zwar im Vergleich zu anderen Ländern von hier aus näher dran, aber trotzdem: Wie sollen wir ungeschoren dort hinkommen?

Vor allem müssen wir schon wieder die Ausgangssperre brechen.“

„Was bleibt uns denn anderes übrig?“

„OK, aber dann brauchen wir wieder einen ausgefeilten Plan“, entschied Jan. „Um die 8000 Meter zu besteigen, brauchen wir ein Seil, Haken und Verpflegung!“

„Alles da“, behauptete Jane und wunderte sich über sich selbst. Wieso sagte sie das? Wie kam sie dazu? „Hinten in der Kammer.“

Wieder fragte sie sich, warum sie solche Äußerungen machte. Sie hatte keine Kletterausrüstung. Sie hatte so etwas nie besessen.

„Gut“, freute sich Swan laut, sprang auf und lief zur Abstellkammer.
Er drückte die Tür auf, und er fand alles vor, genau so wie Jane es gesagt hatte. Von verschiedenen Dosengerichten bis zu den starken Seilen, die mehrere Tonnen tragen konnten.
„Also, dann los. Ich schlage vor, dass zwei von uns das Proviant bei sich haben, und die anderen teilen sich den Rest der Ausrüstung.“

Nach kurzem Gezanke einigten sie sich, dass Stacy und Gustav die Verpflegung nehmen und Jan, Swan und Jane den Rest der Ausrüstung.

16.

Die Ausgangssperre würde kein Hindernis mehr sein, das stand für sie fest. Wie geplant saßen Swan und Jan vorne, als Polizisten verkleidet, und Jane, Stacy und Gustav hatten sich zu dritt im Kofferraum versteckt.

Im Kofferraum war es furchtbar, doch Jane war klar, der Aufstieg zum höchsten Punkt der Welt würde sie noch bedeutend mehr Anstrengung kosten.

Jane wusste schon gar nicht mehr, wie viele Minuten oder Stunden seit ihrem Aufbruch vergangen waren, aber die Zeit, eingeklemmt im dunklen Kofferraum zusammen mit den anderen, schien endlos. Zwischendurch hatte sie sogar Zweifel, ob sie je wieder aus der Folterkammer lebend heraus kommen.

Umso glücklicher war sie, als der Kofferraum von Jan geöffnet wurde und er die erlösenden Worte sprach: „Wir sind am Gebirge und weit genug von der Stadt entfernt. Wir haben uns überlegt, dass ihr euch jetzt nach vorne setzt und wir mit dem Auto so weit wie möglich den Berg hochfahren und dann den Rest zu Fuß gehen.“

Der Vorschlag schien sinnvoll, alle stimmten zu.

Sie saßen auf ihren Sitzen, ganz normal, als wäre es eine Routinefahrt. Keiner sprach.

Es war die holprigste Strecke, die Jane je gefahren war. Über Steine, Löcher und Äste. Irgendwann fragte Gustav: „Kann ich was zu essen haben?"
Jane wurde auf einmal bewusst, dass auch sie schrecklichen Hunger hatte und außerdem auf die Toilette musste. Nach einer Stunde schließlich legten sie die wohlverdiente Pause ein, um zu essen, zu trinken und um ihre Notdurft zu verrichten.
„Ich denke, wir können noch so eine halbe Stunde mit dem Auto fahren, aber dann wird es ernst, und wir müssen zu Fuß los. Da oben wird's sehr steil."

17.

Als sie an der Stelle angekommen waren, ließen sie ihr Auto einfach stehen. Ein begehbarer Fußweg erstreckte sich nach links. Es war nun fast 24 Uhr. Nach einem kurzen Marsch entdeckten sie kleine, von Wind und Regen geschützte, Höhlen und sie beschlossen – erleichtert,

so bequeme Orte gefunden zu haben – dort zu übernachten.
Swan, Stacy und Jan holten die Decken und Tücher aus den Rucksäcken und verteilten sie. Es war eisig kalt, und sie froren erbärmlich. Dicht aneinandergerückt schliefen sie ein.
Nur Jane war nicht müde. Nach kurzer Zeit stand sie wieder auf und vertrat sich in der Höhle ein wenig die Beine. Da sie Archäologin war, war sie im Begriff, die umliegenden Steine zu untersuchen und sie zuzuordnen. Mit ihrem Schuh klopfte sie gegen die Bergwand, ließ einiges von dem Fels abbröckeln und nahm das Gestein in die Hand. Dies tat sie einige Male, doch als sie nichts Interessantes entdeckte, ließ sie es wieder fallen. Sie beschloß, ein wenig tiefer in das Herz der Höhle vorzudringen.

Nach wenigen Minuten bemerkte sie, dass Hunderte von roten Augen sie anstarrten. Es waren Fledermäuse. Diese Art hatte Jane noch nie gesehen. Sie waren viel größer als gewöhnlich. Langsam trat sie ein paar Schritte zurück und rannte zurück zu ihren Freunden.

18.

Er saß auf seinem Thron, die Hände um den langen Stab geklammert. Langsam erhob er sich und ging festen Schrittes zu dem Ort, wo seine Gesetze vermerkt waren. Als er angekommen war, blätterte er jede der dicken schwarzen Seiten um. Dann schien er das, wonach er gesucht hatte, gefunden zu haben. Es war der letzte Satz. Mit den knochigen Fingern hob er das Buch nun hoch und las laut: „Alle, die gegen diese Gesetze verstoßen, müssen einen qualvollen Tod sterben.“

Selbst weit außerhalb seiner eigenen Reichweite kann er jedes Lebewesen unter seinen Bann bringen. Dort wo die Fünf sind. Die Fledermäuse hören seinen Befehl und werden ihn befolgen. Sie dürfen nicht aus der Höhle fliehen.

19.

Jane, die von ihrem kurzen Alleingang erschöpft in die Höhle zurückgekommen war, hatte sich zu den anderen, einfach Schutz suchend, hingelegt. Sie schreckte als Erste auf.

Sie hatte ein leises Krächzen vernommen, das aus dem Inneren der Höhle kam. Sie blickte sich um. Der Eingang war zugeschüttet. Eilig weckte sie ihre Freunde: „Aufstehen! Wir sind in ernsthaften Schwierigkeiten!“

Die roten Augen kamen näher.

„Schon so spät?“ fragte Gustav und reckte sich.

„Die Fledermäuse greifen uns an.“

„Was!?“, schrieen die anderen wie im Chor. Sie sprangen auf und packten schnell ihre Taschen. Swan und Jan zückten ihre Pistolen. Swan versuchte vernünftig zu sein: „Wir haben keine andere Wahl, wir müssen weiter in die Höhle hinein, um zu sehen, ob es auf der anderen Seite einen Ausweg gibt.“

Die beiden Männer hielten ihre Waffen schussbereit nach oben und rannten den anderen voraus, den blutrünstigen Fledermäusen entgegen. Die anderen folgten ihnen. Sobald sie den Schwarm erreicht hatten, fingen Swan und Jan an, ziellos in die Luft zu schießen.

Jane musste sich die Ohren zuhalten, es war einfach ohrenbetäubend, da die kalten Wände die Schallwellen zurückwarfen und somit die ganze Höhle mit einem un-

erträglichem Lärm erfüllt war.
Die Fledermäuse schnellten auseinander. Sie bekamen offensichtlich Panik, flatterten blindlings umher, einige griffen trotzdem an. Sie fügten den Fünf mit ihren geschärften Flügeln Schrammen und Schnittwunden zu. Für sie gab es kein zurück. Wenn die Höhle auf der anderen Seite keinen Ausgang hatte, waren sie verloren.
Plötzlich sahen sie einen schwachen Lichtstrahl ganz am Ende des sichtbaren Höhlengangs. Jane taten die Beine schon weh, als sie mit letzter Kraft ins Freie hüpfte und die anderen ihr springend folgten.
Dann wurde es dunkel um sie herum.

20.

Als Jane aus ihrer Bewusstlosigkeit erwachte, stierte sie erst benommen in die Luft. Die anderen waren schon wach. Waren sie vielleicht gar nicht besinnungslos gewesen? Jan schaute sie verzweifelt an: „Wir haben noch einen ganz schönen Aufstieg vor uns."
Sie folgte seinen Augen und Mutlosigkeit ergriff sie. „Wie soll das gehen?"

Sie einigten sich trotzdem schnell, die ungeheuerliche Anstrengung auf sich zu nehmen. Jan packte das Seil und schleuderte es Richtung Felsenwand. Es war ein guter Wurf, denn der Haken krallte sich sofort in einen herausragenden Stein. Jan kletterte als Erster den Berghang hinauf. Als er oben auf dem Vorsprung angekommen war, winkte er den anderen heftig aufmunternd zu, es ihm nachzutun.

Einer nach dem anderen kämpfte sich hoch. Stundenlang. So empfanden sie es jedenfalls. Oben waren sie richtig erleichtert, einen kleinen schneebedeckten Pfad zu entdecken. Dieser war zwar sehr steil, jedoch leichter zu erklimmen als der erste Teil ihres Aufstiegs. Jane war die Letzte in der Reihe. Sie fühlte sich körperlich wie ausgesaugt. Bei jedem Schritt wurde die Luft dünner. Sie japste, ihre Glieder schienen sie nicht mehr tragen zu wollen. Es war zwar eine Tortur für jeden ihrer Begleiter, aber nur ihre Lippen sprangen durch die Kälte blutig auf und rötliche Frostbeulen bildeten sich auf ihren Fingerkuppen. „Jan, Stopp. Bleib stehen! Ich ...“

Auf einmal ging es etwas bergab. Unfassbar! Waren sie denn schon über ihr Ziel hinaus?

Die Aussicht, die sich der kleinen Gruppe plötzlich bot, war überwältigend. Sie blieben stehen. Fröhlich und zufrieden, ja fast ausgelassen wurden sie.
„Wir haben es so gut wie geschafft!“ triumphierte Jan und verkniff sich einen lauten Freudenruf. „Jane, schau mal hier hinunter!“ Er legte seine wieder warm gewordene, schaufelgroße Hand auf ihre Schulter und zog sie vorsichtig neben sich.
Jane war sprachlos. Sie blickte auf ein Plateau voll Grün. Inmitten des Gebirgsgipfels – wie auf einer Lichtung – wuchsen weiße Blumen. Sie schimmerten wie Kristalle in der aufgehenden Sonne.

21.

Nach einigen Minuten der Glückseligkeit, gesättigt von ihrem Dosenfleisch, saßen sie ein wenig beisammen und plauderten. Sie beschlossen, dass einer mit dem Seil hinuntersteigen müssen.
Swan meldete sich freiwillig, befestigte das Seil mit einem Haken und stieg abwärts.

Ab und zu rutschte er etwas ab, aber er fühlte sich merkwürdigerweise nie unsicher.

„Swan, bring zehn dieser Rosen mit nach

oben“, rief Jane ihm zu.

„Zehn!?“, Jan war verblüfft.

„Reserve. Man weiß ja nie.“ Jane nickte ihm vielsagend zu.

Nachdem Swan zehn große Exemplare der weißen, prachtvollen Blumen gepflückt hatte, zogen die anderen ihn am Seil wieder hoch. Oben angekommen nickte er zufrieden und übergab jedem zwei Blumen. Danach brachen sie auf. Vor ihnen lag ein langer Weg - in Richtung Wüste und in Richtung Tod. Seltsamerweise schien jeder zu wissen, wo es lang ging. Jane vermutete, dass die Frau aus ihrem Traum ihre Hand im Spiel hatte.

## 22.

Allmählich schien das Gebirge flacher zu werden, denn der Schnee wurde von Schritt zu Schritt weniger.

Je näher sie ihrem Ziel waren, desto wärmer wurde es.

Nach einiger Zeit, als sie sich auf einen höheren

Berggipfel stellten, um ein wenig an Überblick zu gewinnen, sahen sie die sich endlos erstreckende Wüste, ein Teppich aus orangefarbenem Sand.
Es war aber ein anderer Anblick, der sie alle erschaudern ließ. Weit, weit weg im entferntesten Winkel des Horizonts konnten sie eine schwarze Säule sehen, die bis zur Wolkendecke reichte.

23.

Fünf in einen weiten Umhang gehüllte Personen gingen durch die Straßen. In jedes Haus brachen sie ein und zwangen die Menschen, die schwarze Rose anzublicken, bis sie qualvoll leidend zu Boden glitten. Wie von der Pest wurde das ganze Land verseucht und Tag für Tag verlangte die neue Welt mehr Opfer.

24.

Er spürte, dass sie immer noch am Leben waren und eine heftige Woge von Zorn durchflutete ihn.
Wieder einmal musste er etwas unternehmen, um sie auf-

zuhalten, und wieder nahm er sein Buch zur Hand und las leise: „Es werde Sand. Gehorche, Sand. Halte sie auf!“

25.

Es war Mittag, die Sonne stand an ihrem höchsten Punkt, und es wurde unerträglich heiß. Weil sie gerade erst eine Pause eingelegt hatten, kämpften sie weiter. Unablässig tranken sie, ihr Proviant würde aber nicht mehr lange ausreichen. Als erstes sackte Gustav zu Boden und keuchte: „Ich bin fertig. Wartet mal.“
Doch Jan wartete nicht, er flüsterte: „Seht mal. Diese Schleifspuren. Irgendjemand ist noch hier.“
Die anderen, die sich ebenfalls gerade vollkommen ermattet niedergelassen hatten, sprangen auf.
Jan kletterte auf eine Sanddüne und blickte sich um.

„Da!“, rief er und stürmte los. Seine Erschöpfung schien er nicht mehr zu spüren.
Als auch Jane die Stelle erreichte, an der Jan in seinem Lauf zum Stillstand gekommen war, stöhnte sie laut auf:

„Herr Doktor!"

Der Mann, der dort im Sand lag, halbtot mit einer großen Wunde am Bein, war Frank, der Arzt.

„Oh nein, wie kann das sein?" Jane war verzweifelt. Jan versuchte ihm hoch zu helfen. In diesem Moment bewegte sich der Sand unter ihnen. Eine Staubwolke voller Winzigkörner und Steinchen erhob sich, bildete eine Spirale und sirrte durch die Luft wie ein Schwarm wütender Bienen.

Jan und Jane versuchten zu fliehen, aber die Sandwolke verfolgte sie und bevor sie die anderen erreicht hatten, schwirrte der Sand gezielt in die Wunde des Doktors.

Sofort fing sein Körper so heftig an zu zucken, dass Jan ihn fallen ließ. Seine Augen glubschten aus seinen Höhlen, er fing an zu sabbern, zu röcheln und zu altern.

Dann stand der greise Mann zittrig auf und lachte wie ein Irrer. Ohne Vorwarnung stürmte er auf seine hilflosen Opfer zu. Schreiend ergriffen sie die Flucht: „Hilfe! Swan!" Dieser ergriff seine Waffe, warf Jan ebenfalls eine Pistole zu und schoss selbst auf das Ungetüm.

Jan tat es ihm nach. Es half alles nichts. Die Schüsse gingen einfach durch den Alten hindurch. Sie zeigten so wenig Wirkung, als hätte man ihn nur mit Watteballchen beworfen.
Das Monster riss in dem Kugelhagel Swan um, und er rutschte mit ihm zusammen die Düne hinunter. Schon hatte es sein Furcht erregendes, geiferndes Maul über ihm, und kurz bevor es Swan zerfleischen konnte, kam Jan mit seiner weißen Blume in der Hand angerannt.
Auf einmal leuchtete die Blüte heller und gleißender als alles andere, was Jan je gesehen hatte. Gebündelt wie Laserstrahlen schienen die Lichtstrahlen das Monster zu durchbohren. Eine Stichflamme züngelte aus dem Bauch des Ungeheuers, und es blieb nichts als ein Haufen Asche zurück.

26.

In der Ferne sah Jane den riesig hohen Turm aus schwarzem Stein, den eine gräuliche Dunkelheit umgab.

Er erinnerte sie stark an eine Zeichnung vom Turm von Babel. Je näher sie ihm kam, desto kälter und unbehaglicher fühlte sie sich. Mit jedem sich nähernden Schritt lief ihr ein eisiger Schauer den Rücken hinunter.

Als sie nur noch ein paar Schritte vom Eingangstor entfernt stand, blieb sie stehen. Jan rannte sie von hinten fast um. Plötzlich überholte Stacy sie und ging voraus. Mehr zu sich selbst als zu den anderen sagte sie: „Gut. Ich mach's." Sie trat mit einem heftigen Schritt vor und klopfte gegen die gewaltige Tür.

Sie sprang knarrend und quietschend von alleine auf.

27.

Vor ihnen lag nun ein breiter Korridor, der am anderen Ende in eine ebenso breite Treppe überging. Es war bedrohlich ruhig, fast still, bis auf einmal aus dem Boden zwei dieser ihnen inzwischen wohlbekannten ekligen Ungeheuer kreischend geifernd heraussprangen. Sie wussten umgehend, was zu tun war: Sie griffen in die Tasche und zückten die weiße Blume. Als das gleißende Licht der Blüten die beiden Viecher traf, zerfielen sie beide in Staub, und von ihnen blieb nichts mehr übrig als ihr grell nachklingender Schrei.

Sie erreichten erneut eine riesige Tür, die aber diesmal von innen geöffnet wurde.

Sie sahen den Präsidenten vor sich, der ein fieses, heimtückisches Lächeln aufgesetzt hatte und ihnen zuschnarrte: „Mein Herr erwartet euch bereits, Freunde.“ Daraufhin lachte er breit, fast vergnügt.

Jan fuhr ihn wütend an: „Halt den Mund, du Verdammter!“

Zur gleichen Zeit hörten sie gemeinsam eine Stimme in ihrem Kopf: „Ich weiß, was ihr dabei habt.“

Mit diesen Worten kam der Mann, den sie alle zutiefst fürchteten, zum Vorschein. „Ihr seid gekommen, um mich aus der Welt zu vertreiben.“ Ganz ruhig kam der Satz aus seinem Munde.
Er entschwand wieder ihren Blicken, und sie hörten nur noch ein leises, freudiges Gackern.

Gustav schrie plötzlich auf. Jane schaute ihn an.
Gustavs Augen glühten rot auf, und er schrie weiterhin wie am Spieß.
„Er ist in Gustav drin!“ rief Jane den anderen dreien zu.
„Nein“, antwortete Gustav in seiner normalen Stimme. „Hier bin ich wieder, ganz normal.“
In Jane kämpften nun zwei Stimmen gegeneinander: „Ja, es ist Gustav. Tu ihm nichts!“ – „Nein, es ist er, der euch all das Leid zufügt. Töte ihn!“ – „Nein, bring nicht deinen Freund um!“ – „Dein Freund ist Gustav und nicht er!“ – „Lass ihn am Leben!“ – „Töte seinen verseuchten Geist!“
Jane ging ein paar Schritte zurück. „Jan!“, rief sie. „Halte ihn fest!“

In diesem Moment merkte der Geist, dass er verloren hatte. Sie hatte sich nicht täuschen lassen und scheute sich nicht, ihren Freund anzugreifen. Seine letzte Chance war es, zu fliehen.

Jan packte Gustav von hinten und hielt ihn fest. Da stürmte der Präsident auf sie zu und zog seine schwarze Rose aus der Tasche. Jane blickte weg, doch Swan und Stacy fielen sofort um und blieben reglos liegen.

Jane nahm ihre beiden weißen Rosen aus der Tasche und drückte sie Gustav mit aller Kraft ins Gesicht. Da fing er an zu schreien und seine Augen glühten auf. Er zappelte und wand sich. Nach und nach verließen ihn seine Kräfte, und er glitt zu Boden.

28.

Jane und Jan rannten zu einem kleinen Holztisch, auf dem das schwarze Buch lag. Jane nahm es und schlug es auf. **Es war leer**.

29.

Die beiden gingen langsam wieder zurück. Dort, wo sie vor einigen Minuten alle zusammen gestanden hatten, lagen nun Gustav, Stacy und Swan am Boden. Sie waren tot.

Janes Tränen flossen hemmungslos. Sie schluchzte: „Lass uns gehen. Es ist vorbei.“

Als sie die Treppen hinuntergingen, nahm Jan ihre Hand, Jane fühlte sich taub vor Schmerz und Leid. Sie ließen ihre Freunde zurück.

**Und den schwarzen Mann.**

Ende

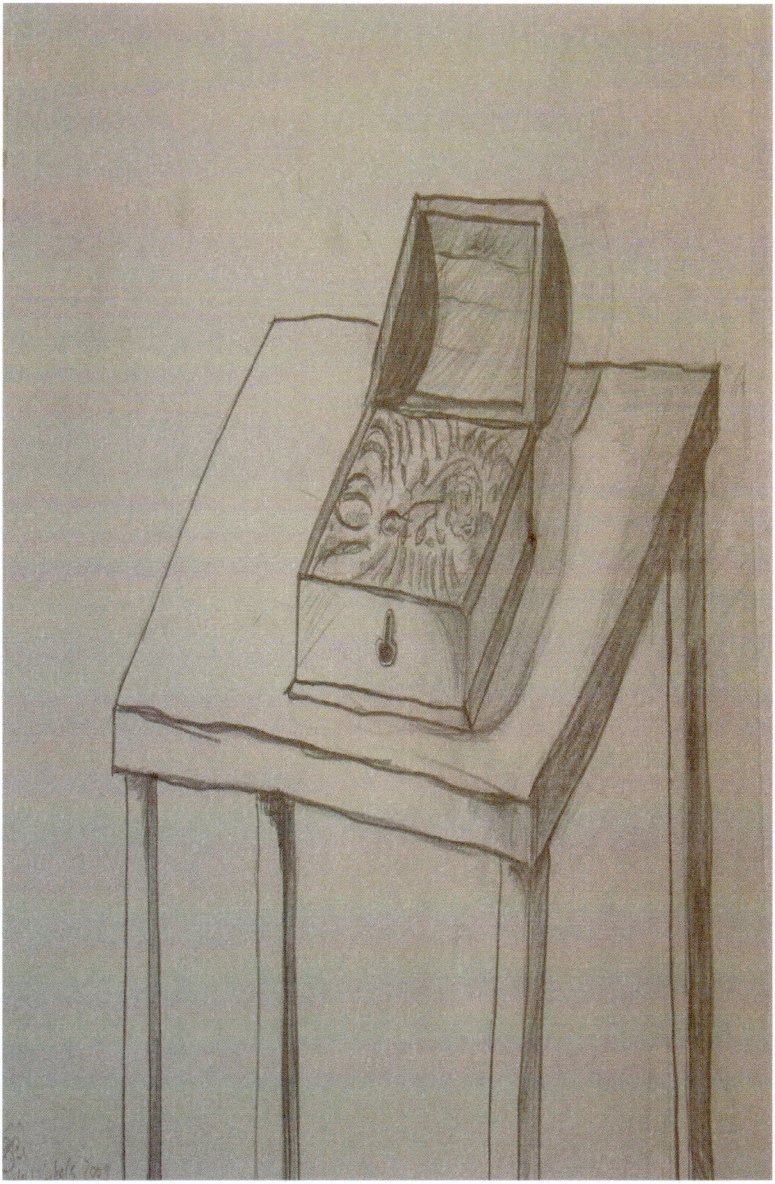

**Anhang:**

Ich habe einen großen Teil dieses Buches auf einem Schiff geschrieben.

Auf einem italienischen Kreuzfahrtschiff, dass ausgerechnet den Namen „Poesia“ trägt.

Mein Vater ist mit mir in diesem Frühjahr von Venedig über Athen, Marmaris in der Türkei, Rhodos, Kreta und viele andere Stationen durch das östliche Mittelmeer gereist.

Das war schon sehr spannend, besonders, wenn wir morgens in die Häfen eingefahren sind bei Sonnenaufgang.

Aber es waren sehr viele Menschen an Bord, mehrere Tausend…vor allem viele alte Menschen.

So war ich oft allein mit meinem Vater auf dem Zimmer mit Balkon.

Er hat draußen gesessen, und ich habe drinnen diese Geschichte geschrieben…für seinen und den Geburtstag meiner Oma, die in diesem Jahr 75 Jahre alt wurde.

Diese Geschichte wurde immer länger, und am Ende war sie so lang, dass ich das Gefühl hatte, sie hat noch ein Geheimnis…

und das ist noch nicht richtig klar…und ich muss sie weiterschreiben.

Deshalb habe ich erst einmal keinem gesagt oder gezeigt, was ich geschrieben habe…außer meiner Schwester.

Dann kam die Schulzeit, die Fußballsaison ging weiter, und ich wusste nicht, wann ich weiterschreiben sollte.

Bei einer Ferienreise im Sommer nach England, nach Bournemouth, mit vielen Kindern meines Alters, bekamen dann in der zweiten Woche unseres Aufenthaltes zwei deutsche Jungen die Schweinegrippe.

Das bedeutete, dass ich in Quarantäne musste, als ich wieder zurück nach Düsseldorf kam.

Mein Vater ist mit meiner Schwester schnell an die Nordsee geflohen, und meine Mutter blieb mit mir eine Woche allein zu Hause, ohne Freunde und rausgehen.

In dieser Woche habe ich dann die Geschichte wieder hervorgeholt und sie zu Ende geschrieben.

So entstand „Die Blume des Bösen“ in diesem Jahr.

Es war manchmal schwierig, aber am Ende ist etwas dabei herausgekommen.

Dieses Buch widme ich meinen geliebten Großeltern…meiner Oma Wilma und meinem Opa Fritz und meiner Schwester Undine.

Leander Winkels/ September 2009

**Neue Bücher aus dem Hause des**

**DESIGN PAVONI° in 2009**

Das Kinder– und Jugendbuch:

„Im Schatten der Elfen“ von Maja Tomljanovic

**IM SCHATTEN DER ELFEN**

Maja Tomljanovic

Taschenbuch / 152 Seiten / Preis: 19,90 EUR

# Für unsere erwachsenen Leser:

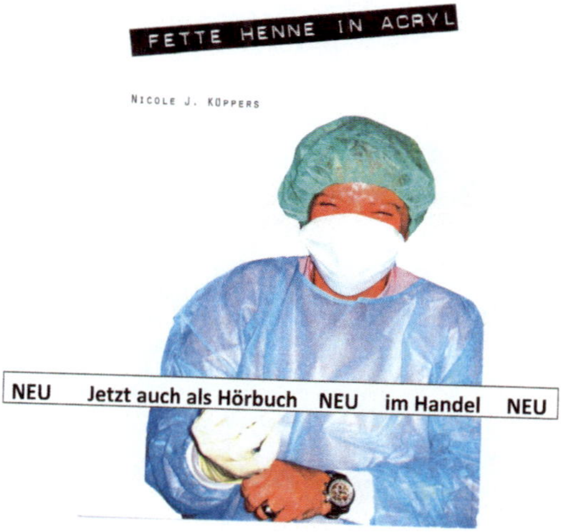


„Fette Henne in Acryl" von Nicole J. Küppers

4. Auflage / 2009

Taschenbuch / 172 Seiten / 14,90 EUR

**NEU in 2009!**

Jetzt auch als Hörbuch im Handel

Doppel-CD / 1:53 Min. / 19,90 EUR

# „ Danke – Mr. B. Gates“

4. Teil

Nicole J. Küppers

**NEU in 2009**

„Danke Mr. B. Gates“ 4. Teil

von Nicole J. Küppers

Taschenbuch / 170 Seiten / 19,90 EUR / 2009